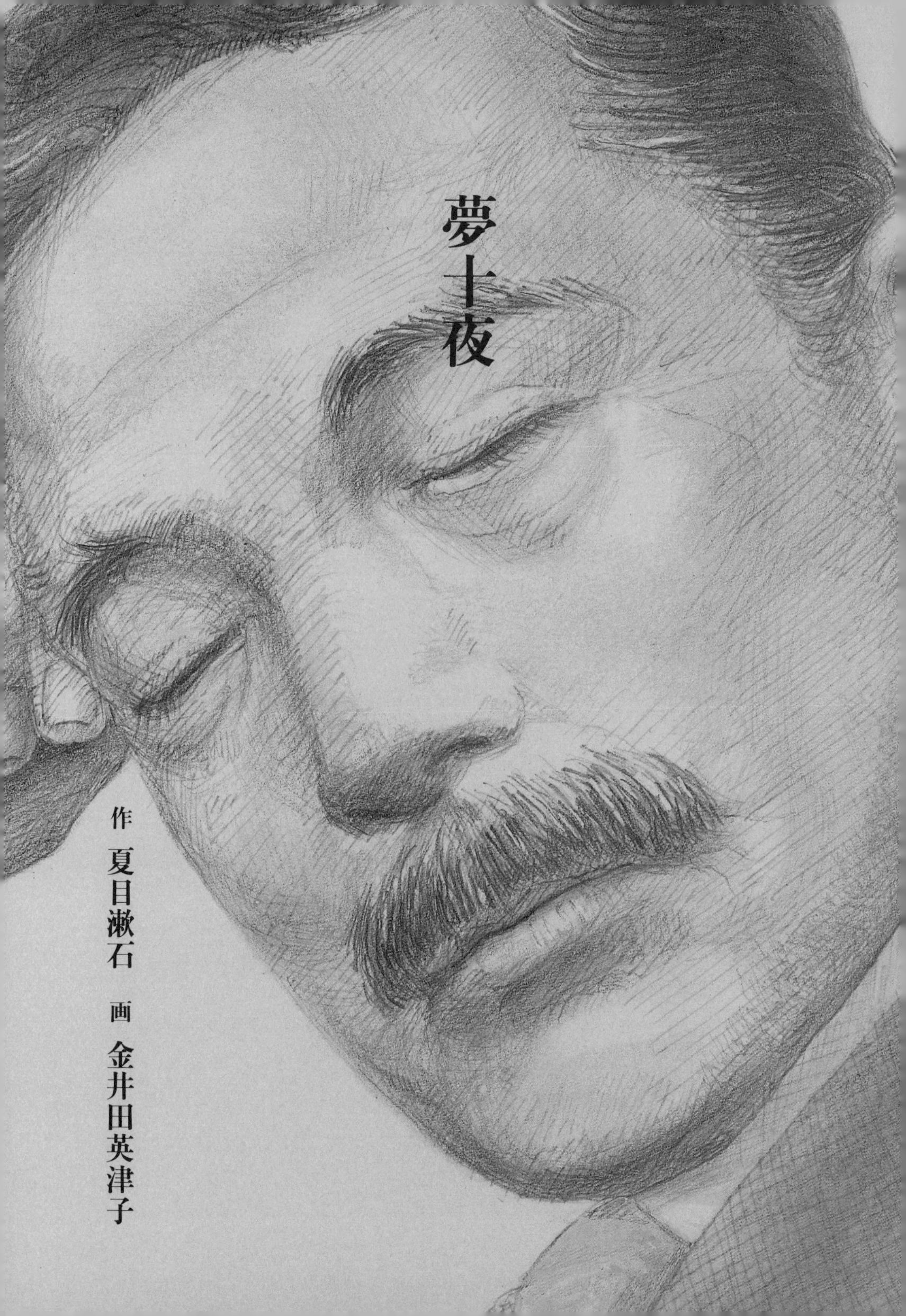

夢十夜

作　夏目漱石

画　金井田英津子

夢十夜

第一夜

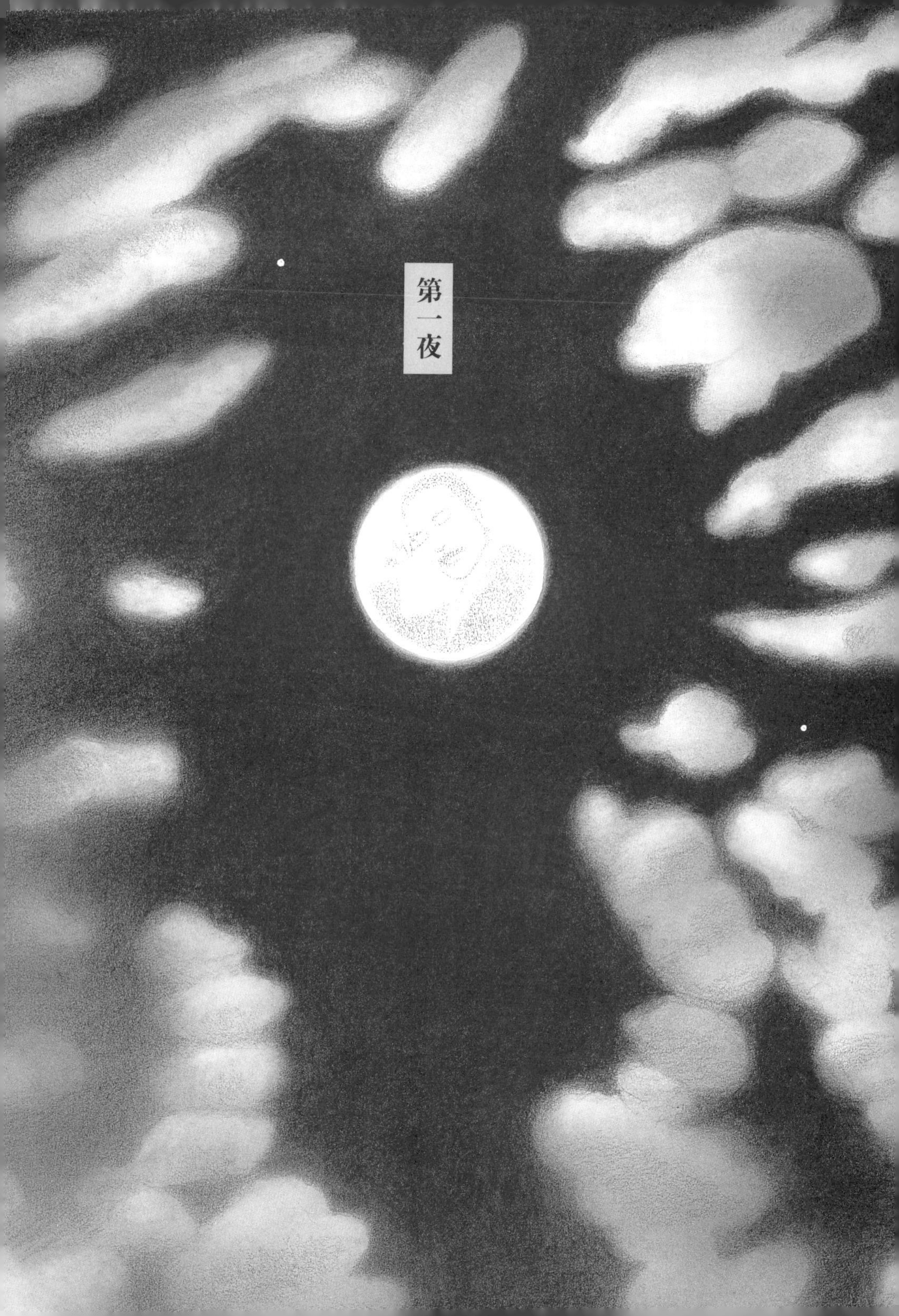

こんな夢を見た。

腕組をして枕元に坐《すわ》っていると、仰向《あおむき》に寝た女が、静かな声でもう死にますと云う。女は長い髪を枕に敷いて、輪郭《りんかく》の柔《やわ》らかな瓜実顔《うりざねがお》をその中に横たえている。真白な頬の底に温かい血の色がほどよく差して、唇《くちびる》の色は無論赤い。とうてい死にそうには見えない。しかし女は静かな声で、もう死にますと判然《はっきり》云った。自分も確《たしか》にこれは死ぬなと思った。そこで、そうかね、もう死ぬのかね、と上から覗《のぞ》き込むようにして聞いて見た。死にますとも、と云いながら、女はぱっちりと眼を開《あ》けた。大きな潤《うるおい》のある眼で、長い睫《まつげ》に包まれた中は、ただ一面に真黒であった。その真黒な眸《ひとみ》の奥に、自分の姿が鮮《あざやか》に浮かんでいる。

自分は透《す》き徹《とお》るほど深く見えるこの黒眼の色沢《つや》を眺めて、これでも死ぬのかと思った。それで、ねんごろに枕の傍《そば》へ口を付けて、死ぬんじゃなかろうね、大丈夫だろうね、とまた聞き返した。すると女は黒い眼を眠そうに睜《みはっ》たまま、やっぱり静かな声で、でも、死ぬんですもの、仕方がないわと云った。

じゃ、私《わたし》の顔が見えるかいと一心《いっしん》に聞くと、見えるかいって、そら、そこに、写ってるじゃありませんかと、にこりと笑って見せた。自分は黙って、顔を枕から離した。腕組をしながら、どうしても死ぬのかなと思った。

しばらくして、女がまたこう云った。

「死んだら、埋《う》めて下さい。大きな真珠貝で穴を掘って。そうして天から落ちて来る星の破片《かけ》を墓標《はかじるし》に置いて下さい。そうして墓の傍に待っていて下さい。また逢《あ》いに来ますから」

自分は、いつ逢いに来るかねと聞いた。

「日が出るでしょう。それから日が沈むでしょう。それからまた出るでしょう、そうしてまた沈むでしょう。――赤い日が東から西へ、東から西へと落ちて行くうちに、――あなた、待っていられますか」

自分は黙って首肯《うなず》いた。女は静かな調子を一段張り上げて、

「百年待っていて下さい」と思い切った声で云った。

「百年、私の墓の傍《そば》に坐って待っていて下さい。きっと逢いに来ますから」

自分はただ待っていると答えた。
すると、黒い眸《ひとみ》のなかに鮮《あざやか》に見えた
自分の姿が、ぼうっと崩《くず》れて来た。

静かな水が動いて写る影を乱したように、
流れ出したと思ったら、女の眼がぱちりと閉じた。
長い睫《まつげ》の間から涙が頬へ垂れた。

——もう死んでいた。

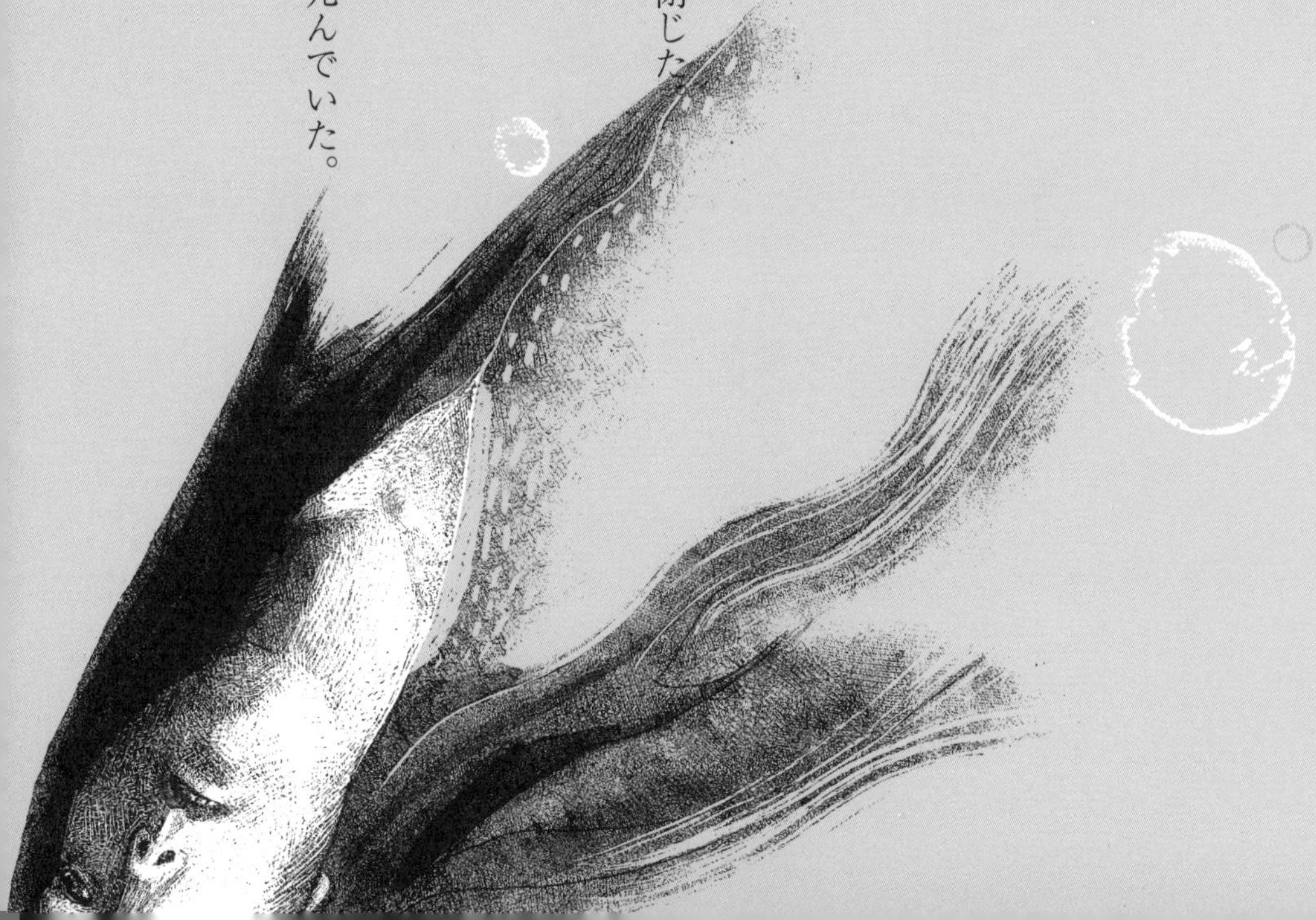

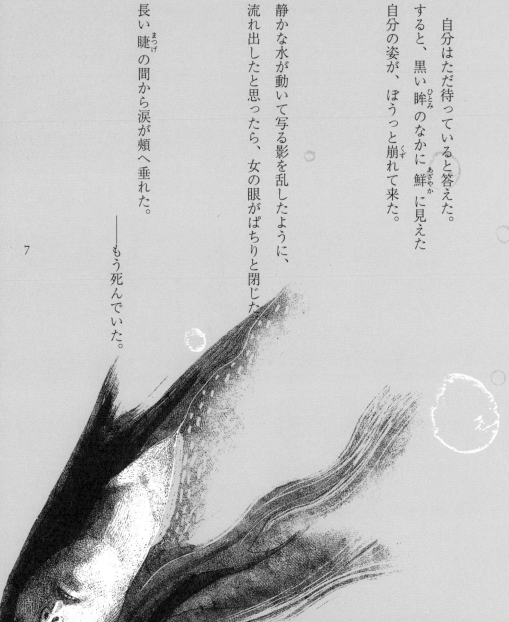

自分はそれから庭へ下りて、真珠貝で穴を掘った。真珠貝は大きな滑《なめら》かな縁《ふち》の鋭《する》どい貝であった。土をすくうたびに、貝の裏に月の光が差してきらきらした。湿《しめ》った土の匂《におい》もした。穴はしばらくして掘れた。女をその中に入れた。そうして柔らかい土を、上からそっと掛けた。掛けるたびに真珠貝の裏に月の光が差した。

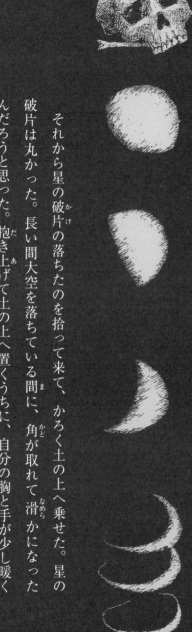

それから星の破片《かけ》の落ちたのを拾って来て、かろく土の上へ乗せた。星の破片は丸かった。長い間大空を落ちている間《ま》に、角《かど》が取れて滑《なめら》かになったんだろうと思った。抱《だ》き上《あ》げて土の上へ置くうちに、自分の胸と手が少し暖くなった。

自分は苔《こけ》の上に坐った。これから百年の間こうして待っているんだなと考えながら、腕組をして、丸い墓石《はかいし》を眺めていた。そのうちに、女の云った通り日が東から出た。大きな赤い日であった。それがまた女の云った通り、やがて西へ落ちた。赤いまんまでのっと落ちて行った。一つと自分は勘定《かんじょう》した。

しばらくするとまた唐紅《からくれない》の天道《てんとう》がのそりと上《のぼ》って来た。そうして黙って沈

んでしまった。二つとまた勘定した。

自分はこう云う風に一つ二つと勘定して行くうちに、赤い日をいくつ見たか分らない。勘定しても、勘定しても、しつくせないほど赤い日が頭の上を通り越して行った。それでも百年がまだ来ない。しまいには、苔《こけ》の生《は》えた丸い石を眺めて、自分は女に欺《だま》されたのではなかろうかと思い出した。

すると石の下から斜《はす》に自分の方へ向いて青い茎《くき》が伸びて来た。見る間に長くなってちょうど自分の胸のあたりまで来て留まった。と思うと、すらりと揺《ゆら》ぐ茎《くき》の頂《いただき》に、心持首を傾《かたぶ》けていた細長い一輪の蕾《つぼみ》が、ふっくらと弁《はなびら》を開いた。真白な百合《ゆり》が鼻の先で骨に徹《こた》えるほど匂った。そこへ遥《はるか》の上から、ぽたりと露《つゆ》が落ちたので、花は自分の重みでふらふらと動いた。自分は首を前へ出して冷たい露の滴《したた》る、白い花弁《はなびら》に接吻《せっぷん》した。自分が百合から顔を離す拍子《ひょうし》に思わず、遠い空を見たら、暁《あかつき》の星がたった一つ瞬《またた》いていた。

「百年はもう来ていたんだな」とこの時始めて気がついた。

第二夜

こんな夢を見た。

和尚《おしょう》の室を退《さ》がって、廊下伝《ろうかづた》いに自分の部屋へ帰ると行灯《あんどう》がぼんやり点《とも》っている。片膝《かたひざ》を座蒲団《ざぶとん》の上に突いて、灯心を掻《か》き立てたとき、花のような丁子《ちょうじ》がぱたりと朱塗の台に落ちた。同時に部屋がぱっと明かるくなった。

襖《ふすま》の画《え》は蕪村《ぶそん》の筆である。黒い柳を濃く薄く、遠近《おちこち》とかいて、寒《さ》むそうな漁夫が笠《かさ》を傾《かたぶ》けて土手の上を通る。床《とこ》には海中文珠《かいちゅうもんじゅ》の軸《じく》が懸《かか》っている。焚《た》き残した線香が暗い方でいまだに臭《にお》っている。広い寺だから森閑《しんかん》として、人気《ひとけ》がない。黒い天井《てんじょう》に差す丸行灯《まるあんどう》の丸い影が、仰向《あおむ》く途端《とたん》に生きてるように見えた。

立膝《たてひざ》をしたまま、左の手で座蒲団《ざぶとん》を捲《めく》って、右を差し込んで見ると、思った所に、ちゃんとあった。あれば安心だから、蒲団をもとのごとく直《なお》して、その上にどっかり坐《すわ》った。

お前は侍《さむらい》である。
侍なら悟れぬはずはなかろうと和尚《おしよう》が云った。
そういつまでも悟れぬところをもって見ると、
御前は侍ではあるまいと言った。
人間の屑《くず》じゃと言った。
ははあ怒ったなと云って笑った。
口惜《くや》しければ悟った証拠を持って来いと云って
ぷいと向《むこう》をむいた。怪《け》しからん。

隣の広間の床に据《す》えてある置時計が次の刻《とき》を
打つまでには、きっと悟って見せる。
悟った上で、今夜また入室《にゅうしつ》する。
そうして和尚の首と悟りと引替《ひきかえ》にしてやる。
悟らなければ、和尚の命が取れない。
どうしても悟らなければならない。
自分は侍である。
もし悟れなければ自刃《じじん》する。
侍が辱《はずか》しめられて、生きている訳には行かない。
奇麗《きれい》に死んでしまう。

こう考えた時、自分の手はまた思わず布団《ふとん》の下へ這入《はい》った。そうして朱鞘《しゅざや》の短刀を引《ひ》き摺《ず》り出した。ぐっと束《つか》を握って、赤い鞘を向へ払ったら、冷たい刃《は》が一度に暗い部屋で光った。凄《すご》いものが手元から、すうすうと逃げて行くように思われる。そうして、ことごとく切先《きっさき》へ集まって、殺気《さっき》を一点に籠《こ》めている。自分はこの鋭い刃が、無念にも針の頭のように縮《ちぢ》められて、九寸五分《くすんごぶ》の先へ来てやむをえず尖《とが》ってるのを見て、たちまちぐさりとやりたくなった。身体《からだ》の血が右の手首の方へ流れて来て、握っている束がにちゃにちゃする。唇《くちびる》が顫《ふる》えた。

短刀を鞘へ収めて右脇へ引きつけておいて、それから全伽《ぜんが》を組んだ。——趙州《じょうしゅう》曰く無《む》と。無とは何だ。糞坊主《くそぼうず》めとはがみをした。

奥歯を強く咬《か》み締《し》めたので、鼻から熱い息が荒く出る。こめかみが釣って痛い。眼は普通の倍も大きく開けてやった。

懸物《かけもの》が見える。行灯が見える。畳《たたみ》が見える。和尚の薬缶頭《やかんあたま》がありありと見える。鰐口《わにぐち》を開《あ》いて嘲笑《あざわら》った声まで聞える。怪《け》しからん坊主だ。どうしてもあの薬缶を首にしなくてはならん。悟ってやる。無だ、無だと舌の根で念じた。

無だと云うのにやっぱり線香の香《におい》がした。何だ線香のくせに。

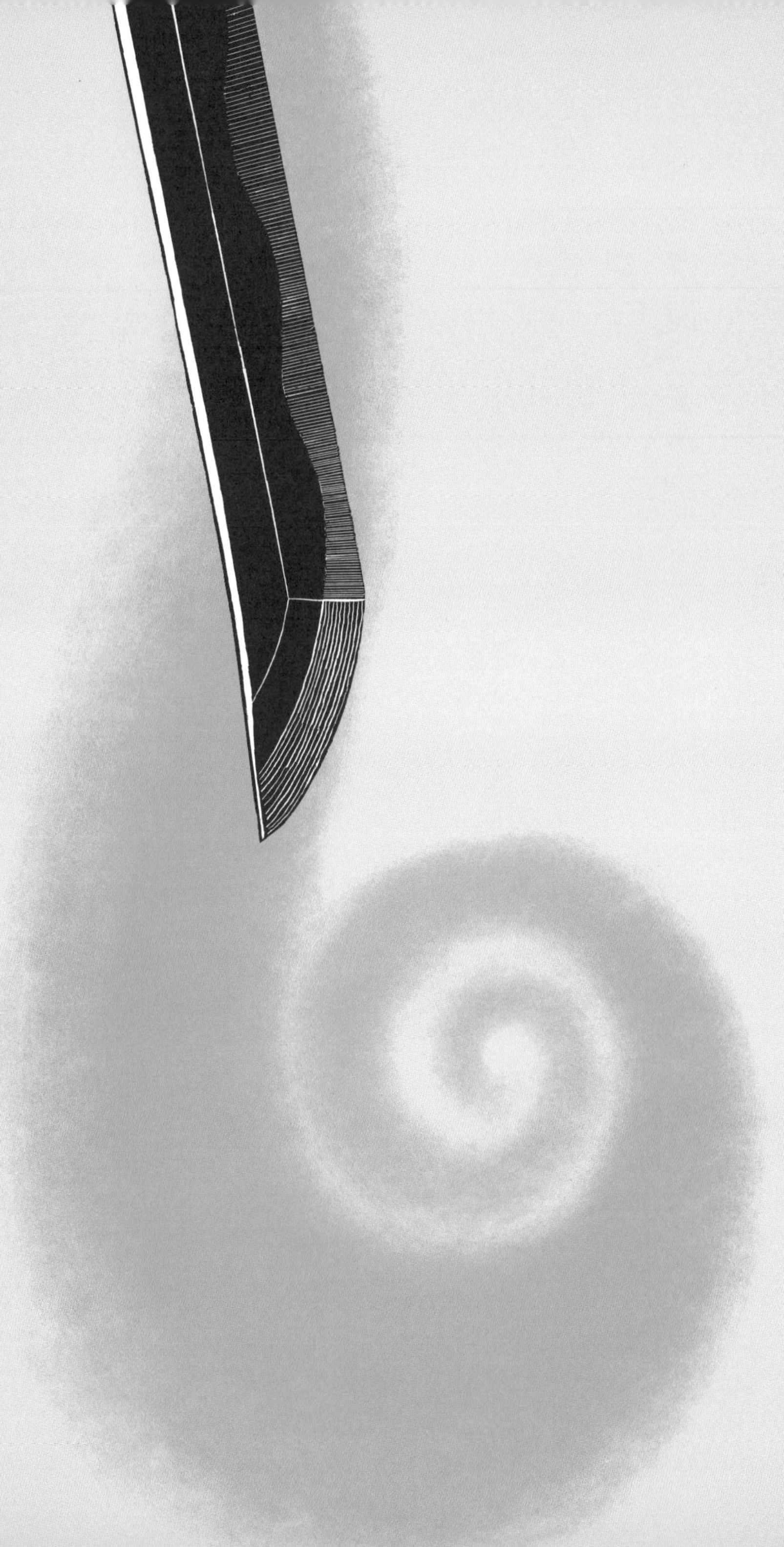

自分はいきなり拳骨《げんこつ》を固めて自分の頭をいやと云うほど擲《なぐ》った。そうして奥歯をぎりぎりと噛《か》んだ。両腋《りょうわき》から汗が出る。背中が棒のようになった。膝《ひざ》の接目《つぎめ》が急に痛くなった。膝が折れたってどうあるものかと思った。けれども痛い。苦しい。無《む》はなかなか出て来ない。出て来ると思うとすぐ痛くなる。腹が立つ。無念になる。非常に口惜《くや》しくなる。涙がほろほろ出る。ひと思《おもい》に身を巨巌《おおいわ》の上にぶつけて、骨も肉もめちゃめちゃに砕《くだ》いてしまいたくなる。

それでも我慢してじっと坐っていた。堪《た》えがたいほど切ないものを胸に盛《い》れて忍んでいた。その切ないものが身体《からだ》中の筋肉を下から持上げて、毛穴から外へ吹き出よう吹き出ようと焦《あせ》るけれども、どこも一面に塞《ふさ》がって、まるで出口がないような残刻極まる状態であった。

そのうちに頭が変になった。行灯《あんどう》も蕪村《ぶそん》の画《え》も、畳も、違棚《ちがいだな》も有って無いような、無くって有るように見えた。と云って無《む》はちっとも現前《げんぜん》しない。ただ好加減《いいかげん》に坐っていたようである。ところへ忽然《こつぜん》隣座敷の時計がチーンと鳴り始めた。

はっと思った。右の手をすぐ短刀にかけた。時計が二つ目をチーンと打った。

第三夜

こんな夢を見た。

六つになる子供を負《おぶ》ってる。たしかに自分の子である。ただ不思議な事にはいつの間にか眼が潰《つぶ》れて、青坊主《あおぼうず》になっている。自分が御前の眼はいつ潰れたのかいと聞くと、なに昔からさと答えた。声は子供の声に相違ないが、言葉つきはまるで大人《おとな》である。しかも対等《たいとう》だ。

左右は青田《あおた》である。路《みち》は細い。鷺《さぎ》の影が時々闇《やみ》に差す。

「田圃《たんぼ》へかかったね」と背中で云った。

「どうして解る」と顔を後《うし》ろへ振り向けるようにして聞いたら、

「だって鷺《さぎ》が鳴くじゃないか」と答えた。

すると鷺がはたして二声ほど鳴いた。

自分は我子ながら少し怖《こわ》くなった。こんなものを背負《しょ》っていては、この先どうなるか分らない。どこか打遣《うっち》ゃる所はなかろうかと向うを見ると闇の中に大きな森が見えた。あすこならばと考え出す途端《とたん》に、背中で、

「ふふん」と云う声がした。

「何を笑うんだ」
子供は返事をしなかった。ただ
「御父《おとっ》さん、重いかい」と聞いた。
「重かあない」と答えると
「今に重くなるよ」と云った。
自分は黙って森を目標《めじるし》にあるいて行った。
田の中の路が不規則にうねってなかなか思う
ように出られない。

しばらくすると二股《ふたまた》になった。
自分は股《また》の根に立って、ちょっと休んだ。
「石が立ってるはずだがな」と小僧が云った。
なるほど八寸角の石が腰ほどの高さに立っている。
表には左り日《ひ》ヶ窪《くぼ》、右堀田原《ほったはら》とある。
闇《やみ》だのに赤い字が明《あきら》かに見えた。
赤い字は井守《いもり》の腹のような色であった。

「左が好いだろう」と小僧が命令した。左を見るとさっきの森が闇の影を、高い空から自分らの頭の上へ抛《な》げかけていた。自分はちょっと躊躇《ちゅうちょ》した。

「遠慮しないでもいい」と小僧がまた云った。自分は仕方なしに森の方へ歩き出した。腹の中では、よく盲目《めくら》のくせに何でも知ってるなと考えながら一筋道を森へ近づいてくると、背中で、「どうも盲目は不自由でいけないね」と云った。

「だから負《おぶ》ってやるからいいじゃないか」

「負ぶって貰《もら》ってすまないが、どうも人に馬鹿にされていけない。親にまで馬鹿にされるからいけない」

何だか厭《いや》になった。早く森へ行って捨ててしまおうと思って急いだ。

「もう少し行くと解る。――ちょうどこんな晩だったな」と背中で独言《ひとりごと》のように云っている。

「何が」と際《きわ》どい声を出して聞いた。

「何がって、知ってるじゃないか」と子供は嘲《あざ》けるように答えた。すると何だか知ってるような気がし出した。けれども判然《はっきり》とは分らない。

ただこんな晩であったように思える。
そうしてもう少し行けば分るように思える。分っては大変だから、分らないうちに早く捨ててしまって、安心しなくってはならないように思える。
自分はますます足を早めた。

雨はさっきから降っている。路はだんだん暗くなる。ほとんど夢中である。ただ背中に小さい小僧がくっついていて、その小僧が自分の過去、現在、未来をことごとく照して、寸分の事実も洩《も》らさない鏡のように光っている。しかもそれが自分の子である。そうして盲目である。自分はたまらなくなった。

「ここだ、ここだ。ちょうどその杉の根の処だ」

雨の中で小僧の声は判然聞えた。自分は覚えず留った。いつしか森の中へ這《は》入《い》っていた。一間《いっけん》ばかり先にある黒いものはたしかに小僧の云う通り杉の木と見えた。

「御父《おとっ》さん、その杉の根の処だったね」

「うん、そうだ」と思わず答えてしまった。

「文化五年辰年《たつどし》だろう」

なるほど文化五年辰年らしく思われた。

「御前がおれを殺したのは今からちょうど百年前だね」

自分はこの言葉を聞くや否や、今から百年前文化五年の辰年のこんな闇の晩

に、この杉の根で、一人の盲目を殺したと云う自覚が、忽然《こつぜん》として頭の中に起った。おれは人殺《ひとごろし》であったんだなと始めて気がついた途端《とたん》に、背中の子が急に石地蔵のように重くなった。

第四夜

広い土間の真中に涼み台のようなものを据《す》えて、その周囲《まわり》に小さい床几《しょうぎ》が並べてある。台は黒光りに光っている。片隅《かたすみ》には四角な膳《ぜん》を前に置いて爺《じい》さんが一人で酒を飲んでいる。肴《さかな》は煮しめらしい。

爺さんは酒の加減でなかなか赤くなっている。その上顔中つやつやして皺《しわ》と云うほどのものはどこにも見当らない。ただ白い髯《ひげ》をありたけ生《は》やしているから年寄《としより》と云う事だけはわかる。自分は子供ながら、この爺さんの年はいくつなんだろうと思った。ところへ裏の筧《かけひ》から手桶《ておけ》に水を汲《く》んで来た神《かみ》さんが、前垂《まえだれ》で手を拭《ふ》きながら、

「御爺さんはいくつかね」と聞いた。爺さんは頬張《ほおば》った煮〆《にしめ》を呑《の》み込んで、

「いくつか忘れたよ」と澄ましていた。神さんは拭いた手を、細い帯の間に挟《はさ》んで横から爺さんの顔を見て立っていた。爺さんは茶碗《ちゃわん》のような大きなもので酒をぐいと飲んで、そうして、ふうと長い息を白い髯の間から吹き出した。すると神さんが、

「御爺さんの家《うち》はどこかね」と聞いた。爺さんは長い息を途中で切って、

「臍《へそ》の奥だよ」と云った。神さんは手を細い帯の間に突込《つっこ》んだまま、

「どこへ行くかね」とまた聞いた。すると爺さんが、また茶碗のような大きなもので熱い酒をぐいと飲んで前のような息をふうと吹いて、

「あっちへ行くよ」と云った。

「真直《まっすぐ》かい」と神さんが聞いた時、ふうと吹いた息が、障子《しょうじ》を通り越して柳の下を抜けて、河原《かわら》の方へ真直《まっすぐ》に行った。

爺さんが表へ出た。自分も後《あと》から出た。爺さんの腰に小さい瓢簞《ひょうたん》がぶら下がっている。肩から四角な箱を腋《わき》の下へ釣るしている。浅黄《あさぎ》の股引《ももひき》を穿《は》いて、浅黄の袖無《そでな》しを着ている。足袋《たび》だけが黄色い。何だか皮で作った足袋のように見えた。

爺さんが真直に柳の下まで来た。柳の下に子供が三四人いた。爺さんは笑いながら腰から浅黄の手拭《てぬぐい》を出した。それを肝心綯《かんじんより》のように細長く綯《よ》った。そうして地面《じびた》の真中に置いた。それから手拭の周囲《まわり》に、大きな丸い輪を描《か》いた。しまいに肩にかけた箱の中から真鍮《しんちゅう》で製《こし》らえた飴屋《あめや》の笛《ふえ》を出した。

31

「今にその手拭が蛇《へび》になるから、見ておろう。見ておろう」と繰返《くりかえ》して云った。

子供は一生懸命に手拭を見ていた。自分も見ていた。

「見ておろう、見ておろう、好いか」と云いながら爺さんが笛を吹いて、輪の上をぐるぐる廻り出した。自分は手拭ばかり見ていた。けれども手拭はいっこう動かなかった。

爺さんは笛をぴいぴい吹いた。そうして輪の上を何遍も廻った。草鞋《わらじ》を爪立《つまだ》てるように、抜足をするように、手拭に遠慮をするように、廻った。怖《こわ》そうにも見えた。面白そうにもあった。

やがて爺さんは笛をぴたりとやめた。そうして、肩に掛けた箱の口を開けて、手拭の首を、ちょいと撮《つま》んで、ぽっと放《ほう》り込《こ》んだ。

「こうしておくと、箱の中で蛇《へび》になる。今に見せてやる。今に見せてやる」と云いながら、爺さんが真直に歩き出した。

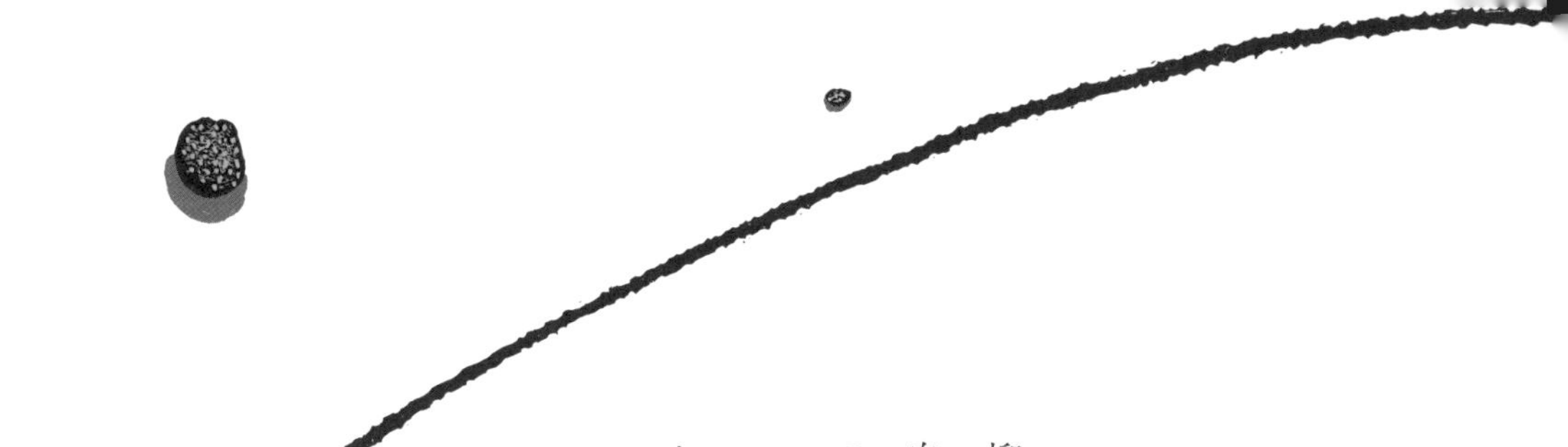

柳の下を抜けて、細い路を真直に下りて行った。自分は蛇が見たいから、細い道をどこまでも追《つ》いて行った。爺さんは時々「今になる」と云ったり、「蛇になる」と云ったりして歩いて行く。しまいには、

「今になる、蛇になる、
きっとなる、笛が鳴る、」

と唄《うた》いながら、とうとう河の岸へ出た。

橋も舟もないから、ここで休んで箱の中の蛇を見せるだろうと思っていると、爺さんはざぶざぶ河の中へ這入《はい》り出した。

始めは膝《ひざ》ぐらいの深さであったが、だんだん腰から、胸の方まで水に浸《つか》って見えなくなる。

それでも爺さんは

「深くなる、夜になる、
真直になる」

と唄いながら、どこまでも真直に歩いて行った。

そうして髯《ひげ》も顔も頭も頭巾《ずきん》もまるで見えなくなってしまった。

自分は爺さんが向岸《むこうぎし》へ上がった時に、蛇を見せるだろうと思って、蘆《あし》の鳴る所に立って、たった一人いつまでも待っていた。けれども爺さんは、とうとう上がって来なかった。

第五夜

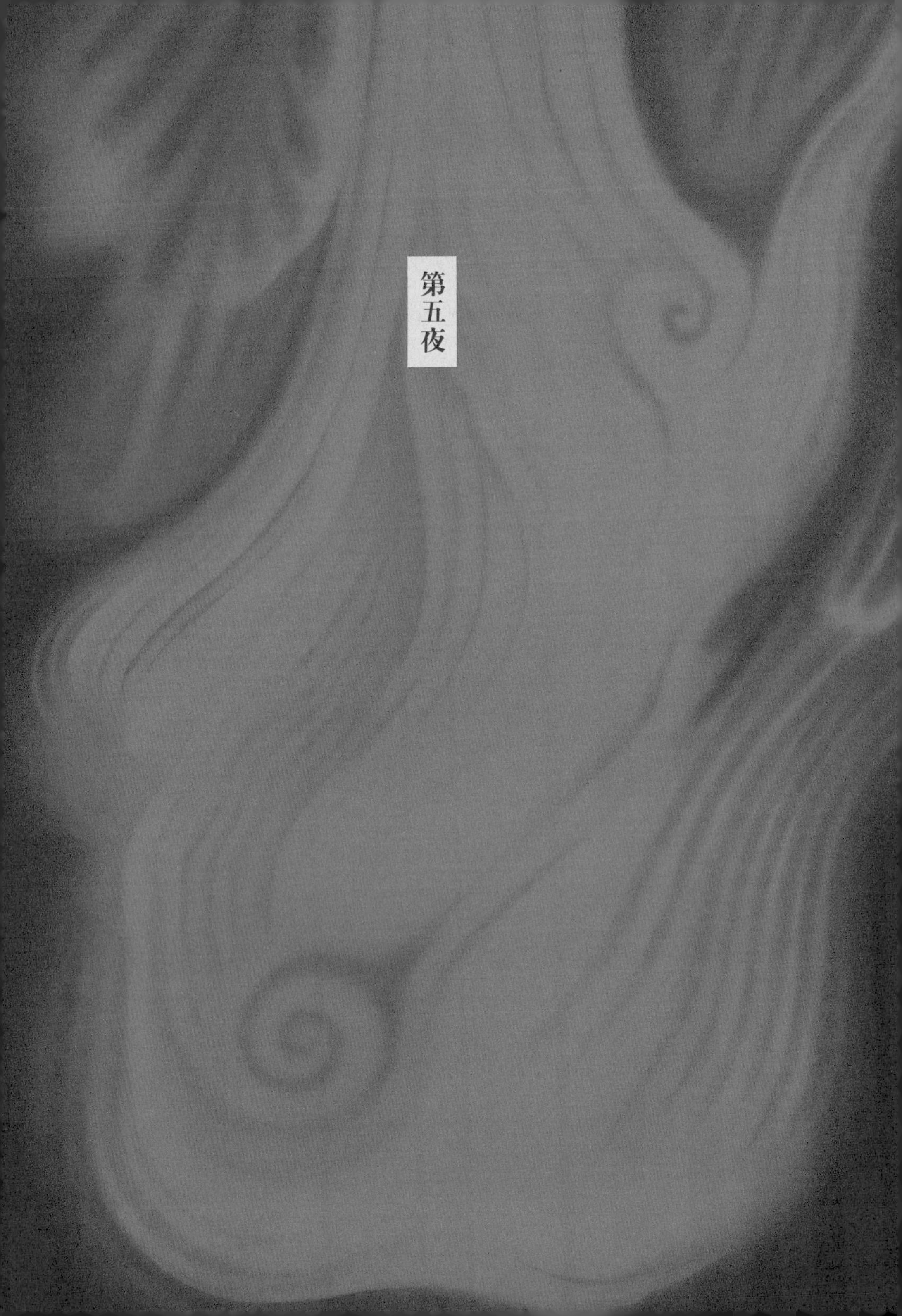

こんな夢を見た。

何でもよほど古い事で、神代《かみよ》に近い昔と思われるが、自分が軍《いくさ》をして運悪く敗北《まけ》たために、生擒《いけどり》になって、敵の大将の前に引き据《す》えられた。

その頃の人はみんな背が高かった。そうして、みんな長い髯を生《は》やしていた。革の帯を締《し》めて、それへ棒のような剣《つるぎ》を釣るしていた。弓は藤蔓《ふじづる》の太いのをそのまま用いたように見えた。漆《うるし》も塗ってなければ磨《みが》きもかけてない。極《きわ》めて素樸《そぼく》なものであった。

敵の大将は、弓の真中を右の手で握って、その弓を草の上へ突いて、酒甕《さかがめ》を伏せたようなものの上に腰をかけていた。その顔を見ると、鼻の上で、左右の眉《まゆ》が太く接続《つなが》っている。その頃髪剃《かみそり》と云うものは無論なかった。

自分は虜《とりこ》だから、腰をかける訳に行かない。草の上に胡坐《あぐら》をかいていた。足には大きな藁沓《わらぐつ》を穿《は》いていた。この時代の藁沓は深いものであった。立つと膝頭《ひざがしら》まで来た。その端《はし》の所は藁《わら》を少し編残《あみのこ》して、房のように下げて、歩くとばらばら動くようにして、飾りとしていた。

大将は篝火《かがりび》で自分の顔を見て、死ぬか生きるかと聞いた。これはその頃の習慣で、捕虜《とりこ》にはだれでも一応はこう聞いたものである。生きると答えると降参した意味で、死ぬと云うと屈服《くっぷく》しないと云う事になる。自分は一言《ひとこと》死ぬと答えた。大将は草の上に突いていた弓を向うへ抛《な》げて、腰に釣るした棒のような剣《けん》をするりと抜きかけた。それへ風に靡《なび》いた篝火《かがりび》が横から吹きつけた。自分は右の手を楓《かえで》のように開いて、掌《たなごころ》を大将の方へ向けて、眼の上へ差し上げた。待てと云う相図である。大将は太い剣をかちゃりと鞘《さや》に収めた。

その頃でも恋はあった。自分は死ぬ前に一目思う女に逢《あ》いたいと云った。大将は夜が明けて鶏《とり》が鳴くまでなら待つと云った。鶏が鳴くまでに女をここへ呼ばなければならない。鶏が鳴いても女が来なければ、自分は逢わずに殺されてしまう。

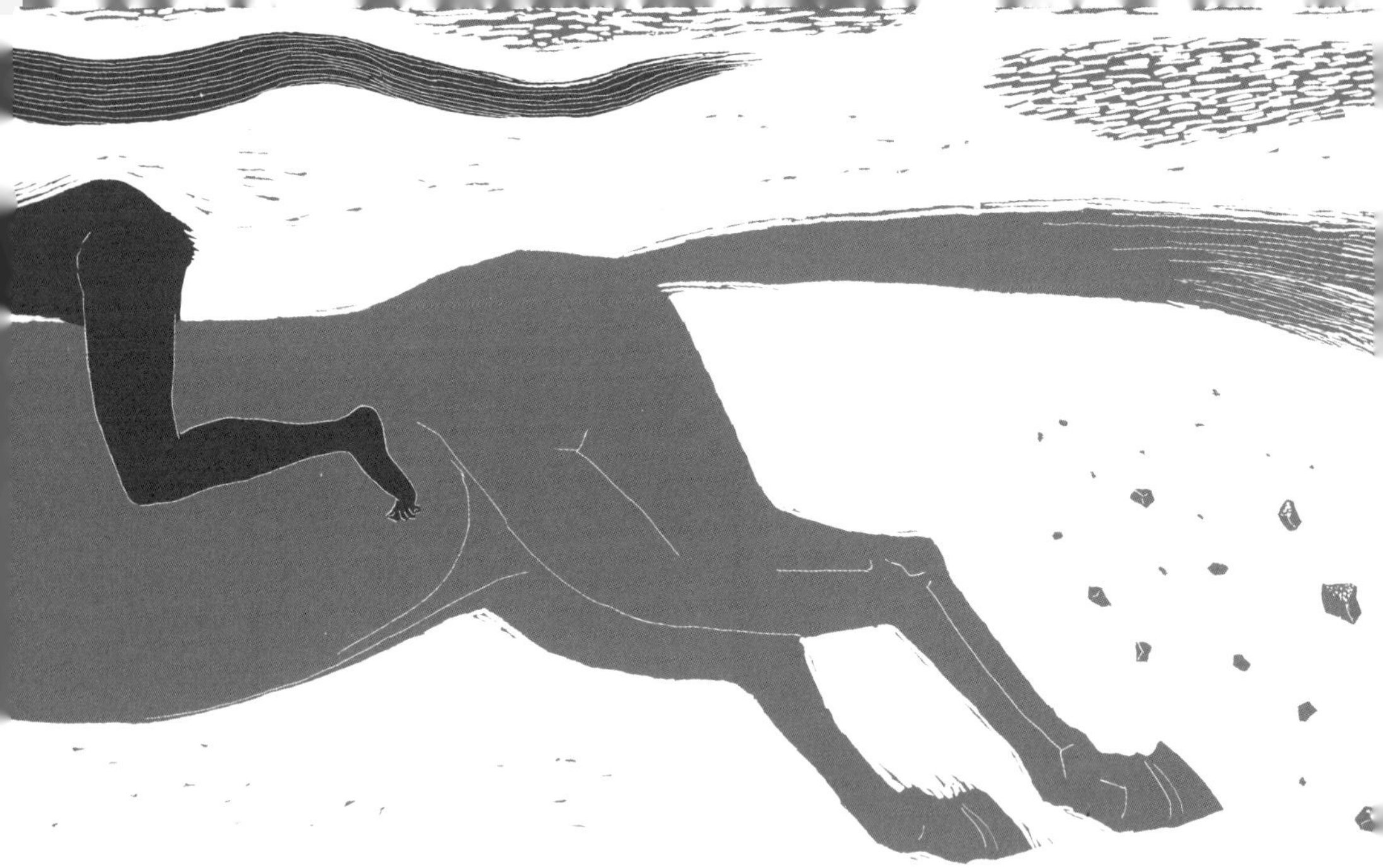

大将は腰をかけたまま、篝火を眺めている。自分は大きな藁沓《わらぐつ》を組み合わしたまま、草の上で女を待っている。夜はだんだん更《ふ》ける。

時々篝火が崩《くず》れる音がする。崩れるたびに狼狽《うろた》えたように焔《ほのお》が大将になだれかかる。真黒な眉《まゆ》の下で、大将の眼がぴかぴかと光っている。すると誰やら来て、新しい枝をたくさん火の中へ抛《な》げ込《こ》んで行く。しばらくすると、火がぱちぱちと鳴る。暗闇《くらやみ》を弾《はじ》き返《かえ》すような勇ましい音であった。

この時女は、裏の楢《なら》の木に繋《つな》いである、白い馬を引き出した。鬣《たてがみ》を三度撫《な》でて高い背にひらりと飛び乗った。鞍《くら》もない鐙《あぶみ》もない裸馬《はだかうま》であった。長く白い足で、太腹《ふとばら》を蹴《け》ると、馬はいっ

さんに駆《か》け出した。誰かが篝りを継《つ》ぎ足《た》したので、遠くの空が薄明るく見える。馬はこの明るいものを目懸《めが》けて闇の中を飛んで来る。鼻から火の柱のような息を二本出して飛んで来る。それでも女は細い足でしきりなしに馬の腹を蹴《け》っている。馬は蹄《ひづめ》の音が宙で鳴るほど早く飛んで来る。女の髪は吹流しのように闇《やみ》の中に尾を曳《ひ》いた。それでもまだ篝《かがり》のある所まで来られない。

　すると真闇《まつくら》な道の傍《はた》で、たちまちこけこっこうと云う鶏の声がした。女は身を空様《そらざま》に、両手に握った手綱《たづな》をうんと控《ひか》えた。馬は前足の蹄《ひづめ》を堅い岩の上に発矢《はっし》と刻《きざ》み込んだ。

こけこっこうと鶏《にわとり》がまた一声《ひとこえ》鳴いた。

女はあっと云って、緊《し》めた手綱を一度に緩《ゆる》めた。馬は諸膝《もろひざ》を折る。乗った人と共に真向《まとも》へ前へのめった。岩の下は深い淵《ふち》であった。

蹄の跡《あと》はいまだに岩の上に残っている。鶏の鳴く真似《まね》をしたものは天探女《あまのじゃく》である。この蹄の痕《あと》の岩に刻みつけられている間、天探女は自分の敵《かたき》である。

第六夜

運慶《うんけい》が護国寺《ごこくじ》の山門で仁王《におう》を刻んでいると云う評判だから、散歩ながら行って見ると、自分より先にもう大勢集まって、しきりに下馬評《げばひょう》をやっていた。

山門の前五六間の所には、大きな赤松があって、その幹が斜《なな》めに山門の甍《いらか》を隠して、遠い青空まで伸《の》びている。松の緑と朱塗《しゅぬり》の門が互いに照《うつ》り合ってみごとに見える。その上松の位地が好い。門の左の端を眼障《めざわり》にならないように、斜《はす》に切って行って、上になるほど幅を広く屋根まで突出《つきだ》しているのが何となく古風である。鎌倉時代とも思われる。

ところが見ているものは、みんな自分と同じく、明治の人間である。その中《うち》でも車夫が一番多い。辻待《つじまち》をして退屈だから立っているに相違ない。

「大きなもんだなあ」と云っている。

「人間を拵《こしら》えるよりもよっぽど骨が折れるだろう」とも云っている。

そうかと思うと、「へえ仁王だね。今でも仁王を彫《ほ》るのかね。へえそうかね。私《わっし》ゃまた仁王はみんな古いのばかりかと思ってた」と云った男がある。

「どうも強そうですね。なんだってえますぜ。昔から誰が強いって、仁王ほど強い人あ無いって云いますぜ。何でも日本武尊《やまとだけのみこと》よりも強いんだってえからね」と話しかけた男もある。この男は尻を端折《はしょ》って、帽子を被《かぶ》らずにいた。よほど無教育な男と見える。

運慶は見物人の評判には委細頓着《とんじゃく》なく鑿《のみ》と槌《つち》を動かしている。いっこう振り向きもしない。高い所に乗って、仁王の顔の辺《あたり》をしきりに彫《ほ》り抜《ぬ》いて行く。

運慶は頭に小さい烏帽子《えぼし》のようなものを乗せて、素袍《すおう》だか何だかわからない大きな袖《そで》を背中《せなか》で括《くく》っている。その様子がいかにも古くさい。わいわい云ってる見物人とはまるで釣

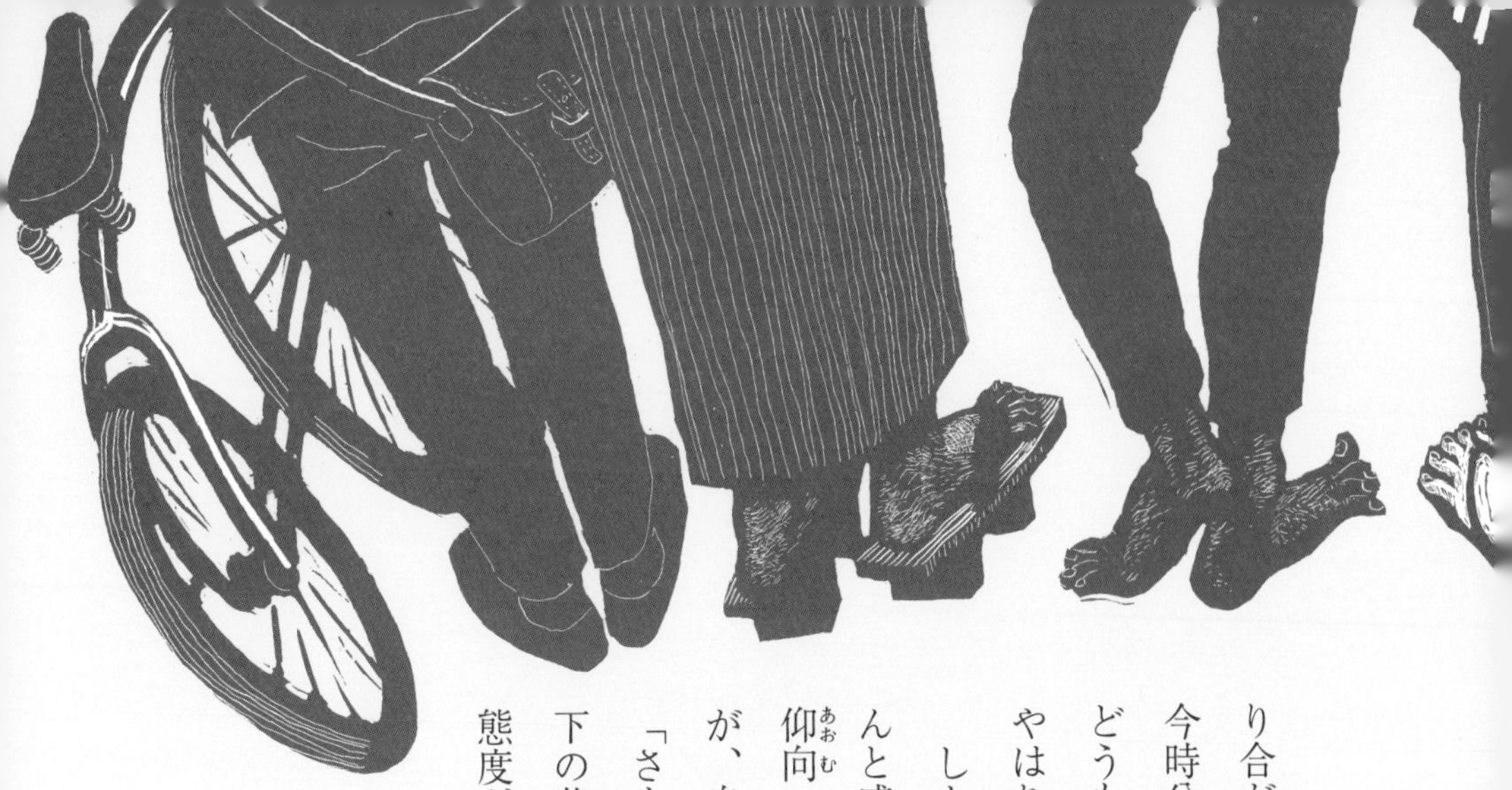

り合が取れないようである。自分はどうして今時分まで運慶が生きているのかなと思った。どうも不思議な事があるものだと考えながら、やはり立って見ていた。

しかし運慶の方では不思議とも奇体ともとんと感じ得ない様子で一生懸命に彫っている。仰向《あおむ》いてこの態度を眺めていた一人の若い男が、自分の方を振り向いて、

「さすがは運慶だな。眼中に我々なしだ。天下の英雄はただ仁王と我《わ》れとあるのみと云う態度だ。天晴《あっぱ》れだ」と云って賞《ほ》め出した。

自分はこの言葉を面白いと思った。それでちょっと若い男の方を見ると、若い男は、すかさず、

「あの鑿と槌の使い方を見たまえ。大自在《だいじざい》の妙境に達している」と云った。

運慶は今太い眉《まゆ》を一寸《いっすん》の高さに横へ彫り抜いて、鑿の歯を竪《たて》に返すや否や斜《は》すに、上から槌を打《う》ち下《おろ》した。堅い木を一《ひ》と刻《きざ》みに削《けず》って、厚い木屑《きくず》が槌の声に応じて飛んだと思ったら、小鼻のおっ開《ぴら》いた怒り鼻の側面がたちまち浮き上がって来た。その刀《とう》の入れ方がいかにも無遠慮であった。そうして少しも疑念を挟《さしはさ》んでおらんように見えた。

「よくああ無造作《むぞうさ》に鑿を使って、思うような眉《まみえ》や鼻ができるものだな」と自分はあんまり感心したから独言《ひとりごと》のように言った。するとさっきの若い男が、

「なに、あれは眉や鼻を鑿で作るんじゃない。あの通りの眉や鼻が木の中に埋《うま》っているのを、鑿《のみ》と槌《つち》の力で掘り出すまでだ。まるで土の中から石を掘り出すようなものだからけっして間違うはずはない」と云った。

自分はこの時始めて彫刻とはそんなものかと思い出した。はたしてそうなら誰にでもできる事だと思い出した。それで急に自分も仁王が彫《ほ》ってみたくなったから見物をやめてさっそく家《うち》へ帰った。

道具箱から鑿《のみ》と金槌《かなづち》を持ち出して、裏へ出て見ると、せんだっての暴風《あらし》で倒れた樫《かし》を、薪《まき》にするつもりで、木挽《こびき》に挽《ひ》かせた手頃な奴《やつ》が、たくさん積んであった。

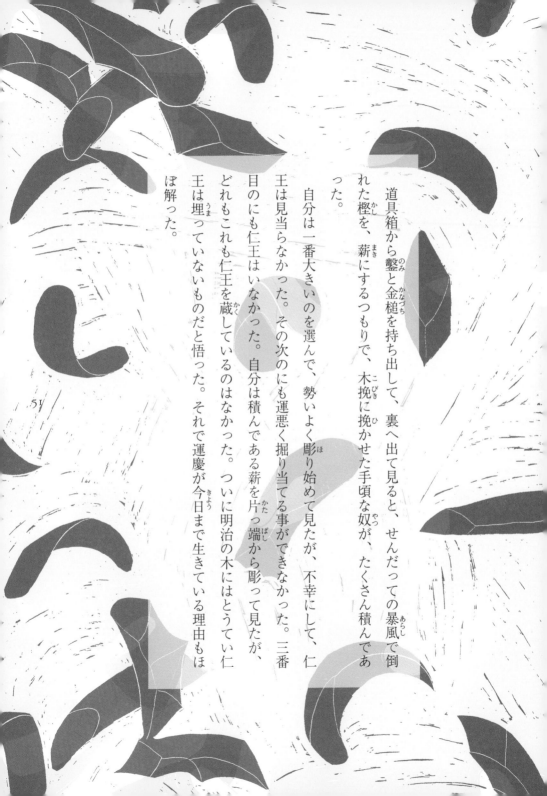

自分は一番大きいのを選んで、勢いよく彫《ほ》り始めて見たが、不幸にして、仁王は見当らなかった。その次のにも運悪く掘り当てる事ができなかった。三番目のにも仁王はいなかった。自分は積んである薪を片《かた》っ端《ぱし》から彫って見たが、どれもこれも仁王を蔵《かく》しているのはなかった。ついに明治の木にはとうてい仁王は埋《うま》っていないものだと悟った。それで運慶が今日《きょう》まで生きている理由もほぼ解った。

第七夜

何でも大きな船に乗っている。

この船が毎日毎夜すこしの絶間《たえま》なく黒い煙《けぶり》を吐いて浪《なみ》を切って進んで行く。凄《すさま》じい音である。けれどもどこへ行くんだか分らない。ただ波の底から焼火《やけひ》箸《ばし》のような太陽が出る。それが高い帆柱の真上まで来てしばらく挂《かか》っているかと思うと、いつの間にか大きな船を追い越して、先へ行ってしまう。そうして、しまいには焼火箸《やけひばし》のようにじゅっといってまた波の底に沈んで行く。そのたんびに蒼《あお》い波が遠くの向うで、蘇枋《すおう》の色に沸《わ》き返る。すると船は凄《すさま》じい音を立ててその跡《あと》を追《おっ》かけて行く。けれどもけっして追つかない。

ある時自分は、船の男を捕《つら》まえて聞いて見た。

「この船は西へ行くんですか」

船の男は怪訝《けげん》な顔をして、しばらく自分を見ていたが、やがて、

「なぜ」と問い返した。

「落ちて行く日を追かけるようだから」

船の男はからからと笑った。そうして向うの方へ行ってしまった。

「西へ行く日の、果《はて》は東か。それは本真《ほんま》か。東《ひがし》出る日の、御里《おさと》は西か。それも本真か。身は波の上。檝枕《かじまくら》。流せ流せ」と囃《はや》している。舳《へさき》へ行って見たら、水夫が大勢寄って、太い帆綱《ほづな》を手繰《たぐ》っていた。

自分は大変心細くなった。いつ陸《おか》へ上がれる事か分らない。そうしてどこへ行くのだか知れない。ただ黒い煙《けぶり》を吐いて波を切って行く事だけはたしかである。その波はすこぶる広いものであった。際限《さいげん》もなく蒼《あお》く見える。時には紫《むらさき》にもなった。ただ船の動く周囲《まわり》だけはいつでも真白に泡《あわ》を吹いていた。自分は大変心細かった。こんな船にいるよりいっそ身を投げて死んでしまおうかと思った。

乗合《のりあい》はたくさんいた。たいていは異人のようであった。しかしいろいろな顔をしていた。空が曇って船が揺れた時、一人の女が欄《てすり》に倚《よ》りかかって、しきりに泣いていた。眼を拭く半巾《ハンケチ》の色が白く見えた。しかし身体《からだ》には更紗《さらさ》のような洋服を着ていた。この女を見た時に、悲しいのは自分ばかりではないのだと気がついた。

ある晩甲板《かんぱん》の上に出て、一人で星を眺めていたら、一人の異人が来て、天文学を知ってるかと尋ねた。自分はつまらないから死のうとさえ思っている。天文学などを知る必要がない。黙っていた。するとその異人が金牛《きんぎゅう》宮《きゅう》の頂《いただき》にある七星《しちせい》の話をして聞かせた。そうして星も海もみんな神の作ったものだと云った。最後に自分に神を信仰するかと尋ねた。自分は空を見て黙っていた。

或時サローンに這入《はい》ったら派出《はで》な衣裳《いしょう》を着た若い女が向うむきになって、洋琴《ピアノ》を弾《ひ》いていた。その傍《そば》に背の高い立派な男が立って、唱歌を唄《うた》っている。その口が大変大きく見えた。けれども二人は二人以外の事にはまるで頓着《とんじゃく》していない様子であった。船に乗っている事さえ忘れているようであった。

自分はますますつまらなくなった。とうとう死ぬ事に決心した。それである晩、あたりに人のいない時分、思い切って海の中へ飛び込んだ。ところが——自分の足が甲板《かんぱん》を離れて、船と縁が切れたその刹那《せつな》に、急に命が惜しくなった。心の底からよせばよかったと思った。けれども、もう遅い。自分は厭《いや》でも応でも海の中へ這入らなければならない。ただ大変高くできていた船と見えて、身体は船を離れたけれども、足は容易に水に着かない。

しかし捕《つか》まえるものがないから、しだいしだいに水に近づいて来る。いくら足を縮《ちぢ》めても近づいて来る。水の色は黒かった。

　そのうち船は例の通り黒い煙《けぶり》を吐いて、通り過ぎてしまった。自分はどこへ行くんだか判らない船でも、やっぱり乗っている方がよかったと始めて悟りながら、しかもその悟りを利用する事ができずに、無限の後悔と恐怖とを抱《いだ》いて黒い波の方へ静かに落ちて行った。

第八夜

床屋の敷居を跨《また》いだら、白い着物を着てかたまっていた三四人が、一度にいらっしゃいと云った。

真中に立って見廻すと、四角な部屋である。窓が二方に開《あ》いて、残る二方に鏡が懸《かか》っている。鏡の数を勘定《かんじょう》したら六つあった。

自分はその一つの前へ来て腰をおろした。すると御尻《おしり》がぶくりと云った。よほど坐り心地《ごこち》が好くできた椅子である。鏡には自分の顔が立派に映った。顔の後《うしろ》には窓が見えた。それから帳場格子《ちょうばごうし》が斜《はす》に見えた。格子の中には人がいなかった。窓の外を通る往来《おうらい》の人の腰から上がよく見えた。

庄太郎が女を連れて通る。庄太郎はいつの間にかパナマの帽子を買って被《かぶ》っている。女もいつの間に拵《こし》らえたものやら。ちょっと解らない。双方とも得意のようであった。よく女の顔を見ようと思ううちに通り過ぎてしまった。

豆腐屋《とうふや》が喇叭《らっぱ》を吹いて通った。喇叭を口へあてがっているんで、頬《ほっ》ぺたが蜂《はち》に螫《さ》されたように膨《ふく》れていた。膨れたまんまで通り越したものだから、気がかりでたまらない。生涯《しょうがい》蜂に螫されているように思う。

芸者が出た。まだ御化粧《おつくり》をしていない。島田の根が緩《ゆる》んで、何だか頭に締《しま》りがない。顔も寝ぼけている。色沢《いろつや》が気の毒なほど悪い。それで御辞儀《おじぎ》をして、どうも何とかですと云ったが、相手はどうしても鏡の中へ出て来ない。

すると白い着物を着た大きな男が、自分の後《うし》ろへ来て、鋏《はさみ》と櫛《くし》を持って自分の頭を眺め出した。自分は薄い髭《ひげ》を捩《ひね》って、どうだろう物になるだろうかと尋ねた。白い男は、何《な》にも云わずに、手に持った琥珀色《こはくいろ》の櫛《くし》で軽く自分の頭を叩《たた》いた。

「さあ、頭もだが、どうだろう、物になるだろうか」と自分は白い男に聞いた。白い男はやはり何も答えずに、ちゃきちゃきと鋏を鳴らし始めた。

鏡に映る影を一つ残らず見るつもりで眼を睜《みは》っていたが、鋏の鳴るたんびに黒い毛が飛んで来るので、恐ろしくなって、やがて眼を閉じた。すると白い男が、こう云った。

「旦那《だんな》は表の金魚売を御覧なすったか」

自分は見ないと云った。白い男はそれぎりで、しきりと鋏を鳴らしていた。すると突然大きな声で危険《あぶねえ》と云ったものがある。はっと眼を開けると、白い男の袖《そで》の下に自転車の輪が見えた。人力の梶棒《かじぼう》が見えた。

と思うと、白い男が両手で自分の頭を押えてうんと横へ向けた。自転車と人力車はまるで見えなくなった。鋏の音がちゃきちゃきする。

やがて、白い男は自分の横へ廻って、耳の所を刈《か》り始めた。毛が前の方へ飛ばなくなったから、安心して眼を開けた。粟餅《あわもち》や、餅やあ、餅や、と云う声がすぐ、そこでする。小さい杵《きね》をわざと臼《うす》へあてて、拍子《ひようし》を取って餅を搗《つ》いている。粟餅屋は子供の時に見たばかりだから、ちょっと様子が見たい。けれども粟餅屋はけっして鏡の中に出て来ない。ただ餅を搗く音だけする。

自分はあるたけの視力で鏡の角《かど》を覗《のぞ》き込むようにして見た。すると帳場格子のうちに、いつの間にか一人の女が坐っている。色の浅黒い眉毛《まみえ》の濃い大柄《おおがら》な女で、髪を銀杏《いちよう》返《がえ》しに結《ゆ》って、黒繻子《くろじゆす》の半襟《はんえり》のかかった素袷《すあわせ》で、立膝《たてひざ》のまま、札《さつ》の勘定《かんじよう》をしている。札は十円札らしい。女は長い睫《まつげ》を伏せて薄い唇《くちびる》を結んで一生懸命に、札の数を読んでいるが、その読み方がいかにも早い。しかも札の数はどこまで行っても尽きる様子がない。膝《ひざ》の上に乗っているのはたかだか百枚ぐらいだが、その百枚がいつまで勘定しても百枚である。

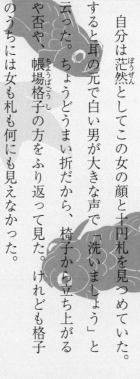

自分は茫然《ぼうぜん》としてこの女の顔と十円札を見つめていた。すると耳の元で白い男が大きな声で「洗いましょう」と云った。ちょうどうまい折だから、椅子から立ち上がるや否や、帳場格子《ちょうばごうし》の方をふり返って見た。けれども格子のうちには女も札も何にも見えなかった。

代《だい》を払って表へ出ると、門口《かどぐち》の左側に、小判《こばん》なりの桶《おけ》が五つばかり並べてあって、その中に赤い金魚や、斑入《ふいり》の金魚や、瘦《や》せた金魚や、肥《ふと》った金魚がたくさん入れてあった。そうして金魚売がその後《うしろ》にいた。金魚売は自分の前に並べた金魚を見つめたまま、頬杖《ほおづえ》を突いて、じっとしている。騒がしい往来《おうらい》の活動にはほとんど心を留めていない。自分はしばらく立ってこの金魚売を眺めていた。けれども自分が眺めている間、金魚売はちっとも動かなかった。

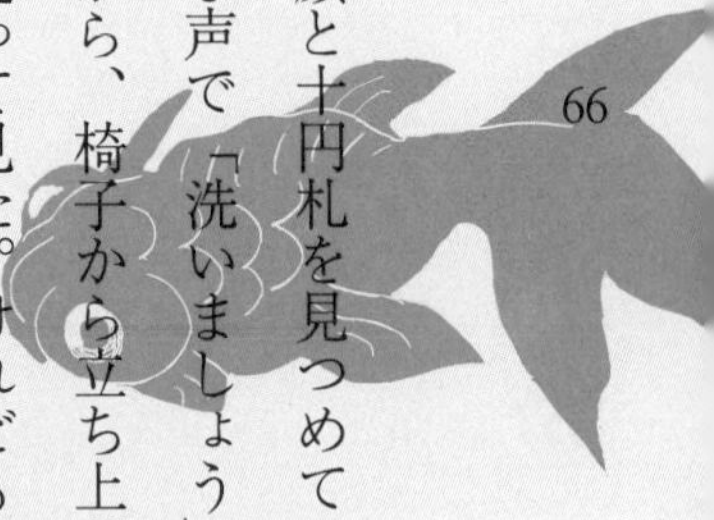

第九夜

世の中が何となくざわつき始めた。今にも戦争《いくさ》が起りそうに見える。焼け出された裸馬《はだかうま》が、夜昼となく、屋敷の周囲《まわり》を暴《あ》れ廻《まわ》ると、それを夜昼となく足軽共《あしがるども》が犇《ひし》めきながら追《おっ》かけているような心持がする。それでいて家のうちは森《しん》として静かである。

家には若い母と三つになる子供がいる。父はどこかへ行った。父がどこかへ行ったのは、月の出ていない夜中であった。床《とこ》の上で草鞋《わらじ》を穿《は》いて、黒い頭巾《ずきん》を被《かぶ》って、勝手口から出て行った。その時母の持っていた雪洞《ぼんぼり》の灯《ひ》が暗い闇《やみ》に細長く射して、生垣《いけがき》の手前にある古い檜《ひのき》を照らした。

父はそれきり帰って来なかった。母は毎日三つになる子供に「御父様は」と聞いている。子供は何とも云わなかった。しばらくしてから「あっち」と答えるようになった。母が「いつ御帰り」と聞いてもやはり「あっち」と答えて笑っていた。その時は母も笑った。そうして「今に御帰り」と云う言葉を何遍となく繰返して教えた。けれども子供は「今に」だけを覚えたのみである。時々は「御父様はどこ」と聞かれて「今に」と答える事もあった。

夜になって、四隣《あたり》が静まると、母は帯を締《し》め直して、鮫鞘《さめざや》の短刀を帯の間へ差して、子供を細帯で背中へ背負《しょ》って、そっと潜《くぐ》りから出て行く。母はいつでも草履《ぞうり》を穿いていた。子供はこの草履の音を聞きながら母の背中で寝てしまう事もあった。

土塀《つちべい》の続いている屋敷町を西へ下《くだ》って、だらだら坂を降《お》り尽《つ》くすと、大きな銀杏《いちょう》がある。この銀杏を目標《めじるし》に右に切れると、一丁ばかり奥に石の鳥居がある。片側は田圃《たんぼ》で、片側は熊笹《くまざさ》ばかりの中を鳥居まで来て、それを潜り抜けると、暗い杉の木立《こだち》になる。それから二十間ばかり敷石伝いに突き当ると、古い拝殿の階段の下に出る。

鼠色《ねずみいろ》に洗い出された賽銭箱《さいせんばこ》の上に、大きな鈴の紐《ひも》がぶら下って昼間見ると、その鈴の傍《そば》に八幡宮《はちまんぐう》と云う額が懸《かか》っている。八の字が、鳩《はと》が二羽向いあったような書体にできているのが面白い。そのほかにもいろいろの額がある。たいていは家中《かちゅう》のものの射抜いた金的《きんてき》を、射抜いたものの名前に添えたのが多い。たまには太刀《たち》を納めたのもある。

鳥居を潜《くぐ》ると杉の梢《こずえ》でいつでも梟《ふくろう》が鳴いている。そうして、冷飯草履《ひやめしぞうり》の音がぴちゃぴちゃする。それが拝殿の前でやむと、母はまず鈴を鳴らしておいて、すぐにしゃがんで柏《かし》手《わで》を打つ。たいていはこの時梟が急に鳴かなくなる。それから母は一心不乱に夫の無事を祈る。母の考えでは、夫が侍《さむらい》であるから、弓矢の神の八幡《はちまん》へ、こうやって是非ない願《がん》をかけたら、よもや聴《き》かれぬ道理はなかろうと一《いち》図《ず》に思いつめている。

子供はよくこの鈴の音で眼を覚《さ》まして、四辺《あたり》を見ると真暗だものだから、急に背中で泣き出す事がある。その時母は口の内で何か祈りながら、背を振ってあやそうとする。すると旨《うま》く泣《な》きやむ事もある。またますます烈《はげ》しく泣き立てる事もある。いずれにしても母は容易に立たない。

一通《ひととお》り夫の身の上を祈ってしまうと、今度は細帯を解いて、背中の子を摺《ず》りおろすように、背中から前へ廻して、両手に抱《だ》きながら拝殿を上《のぼ》って行って、「好い子だから、少しの間《ま》、待っておいでよ」ときっと自分の頬を子供の頬へ擦《す》りつける。そうして細帯を長くして、子供を縛《しば》っておいて、その片端を拝殿の欄干《らんかん》に括《くく》りつける。それから段々を下りて来て二十間の敷石を往ったり来たり御百度《おひゃくど》を踏む。

拝殿に括《くく》りつけられた子は、暗闇《くらやみ》の中で、細帯の丈《たけ》のゆるす限り、広縁の上を這《は》い廻っている。そう云う時は母にとって、はなはだ楽《らく》な夜である。けれども縛《しば》った子にひいひい泣かれると、母は気が気でない。御百度の足が非常に早くなる。大変息が切れる。仕方のない時は、中途で拝殿へ上《あが》って来て、いろいろすかしておいて、また御百度を踏み直す事もある。

こう云う風に、幾晩となく母が気を揉《も》んで、夜《よ》の目も寝ずに心配していた父は、とくの昔に浪士《ろうし》のために殺されていたのである。

こんな悲《かなし》い話を、

夢の中で母から聞いた。

第十夜

庄太郎が女に攫《さら》われてから七日目の晩にふらりと帰って来て、急に熱が出てどっと、床に就《つ》いていると云って健《けん》さんが知らせに来た。

庄太郎は町内一の好男子《こうだんし》で、至極《しごく》善良な正直者である。ただ一つの道楽がある。パナマの帽子を被《かぶ》って、夕方になると水菓子屋《みずがしや》の店先へ腰をかけて、往来《おうらい》の女の顔を眺めている。そうしてしきりに感心している。そのほかにはこれと云うほどの特色もない。

あまり女が通らない時は、往来を見ないで水菓子を見ている。水菓子にはいろいろある。水蜜桃《すいみつとう》や、林檎《りんご》や、枇杷《びわ》や、バナナを奇麗《きれい》に籠《かご》に盛って、すぐ見《み》舞物《やげもの》に持って行けるように二列に並べてある。庄太郎はこの籠を見ては奇麗《きれい》だと云っている。商売をするなら水菓子屋に限ると云っている。そのくせ自分はパナマの帽子を被ってぶらぶら遊んでいる。

この色がいいと云って、夏蜜柑《なつみかん》などを品評する事もある。けれども、かつて銭《ぜに》を出して水菓子を買った事がない。ただでは無論食わない。色ばかり賞《ほ》めている。

ある夕方一人の女が、不意に店先に立った。身分のある人と見えて立派な服装をしている。その着物の色がひどく庄太郎の気に入った。その上庄太郎は大変女の顔に感心してしまった。そこで大事なパナマの帽子を脱《と》って丁寧《ていねい》に挨拶《あいさつ》をしたら、女は籠詰《かごづめ》の一番大きいのを指《さ》して、これを下さいと云うんで、庄太郎はすぐその籠を取って渡した。すると女はそれをちょっと提《さ》げて見て、大変重い事と云った。

庄太郎は元来閑人《ひまじん》の上に、すこぶる気作《きさく》な男だから、ではお宅まで持って参りましょうと云って、女といっしょに水菓子屋を出た。それぎり帰って来なかった。

いかな庄太郎でも、あんまり呑気《のんき》過ぎる。只事《ただごと》じゃ無かろうと云って、親類や友達が騒ぎ出していると、七日目の晩になって、ふらりと帰って来た。そこで大勢寄ってたかって、庄さんどこへ行っていたんだいと聞くと、庄太郎は電車へ乗って山へ行ったんだと答えた。

何でもよほど長い電車に違いない。庄太郎の云うところによると、電車を下りるとすぐと原へ出たそうである。非常に広い原で、どこを見廻しても青い草ばかり生《は》えていた。女といっしょに草の上を歩いて行くと、急に絶壁《きりぎし》の天辺《てっぺん》へ出た、その時女が庄太郎に、ここから飛び込んで御覧なさいと云った。底を覗《のぞ》いて見ると、切岸《きりぎし》は見えるが底は見えない。庄太郎はまたパナマの帽子を脱いで再三辞退した。すると女が、もし思い切って飛び込まなければ、豚《ぶた》に舐《な》められますが好うござんすかと聞いた。庄太郎は豚と雲右衛門が大嫌《だいきらい》だった。けれども命には易《か》えられないと思って、やっぱり飛び込むのを見合せていた。

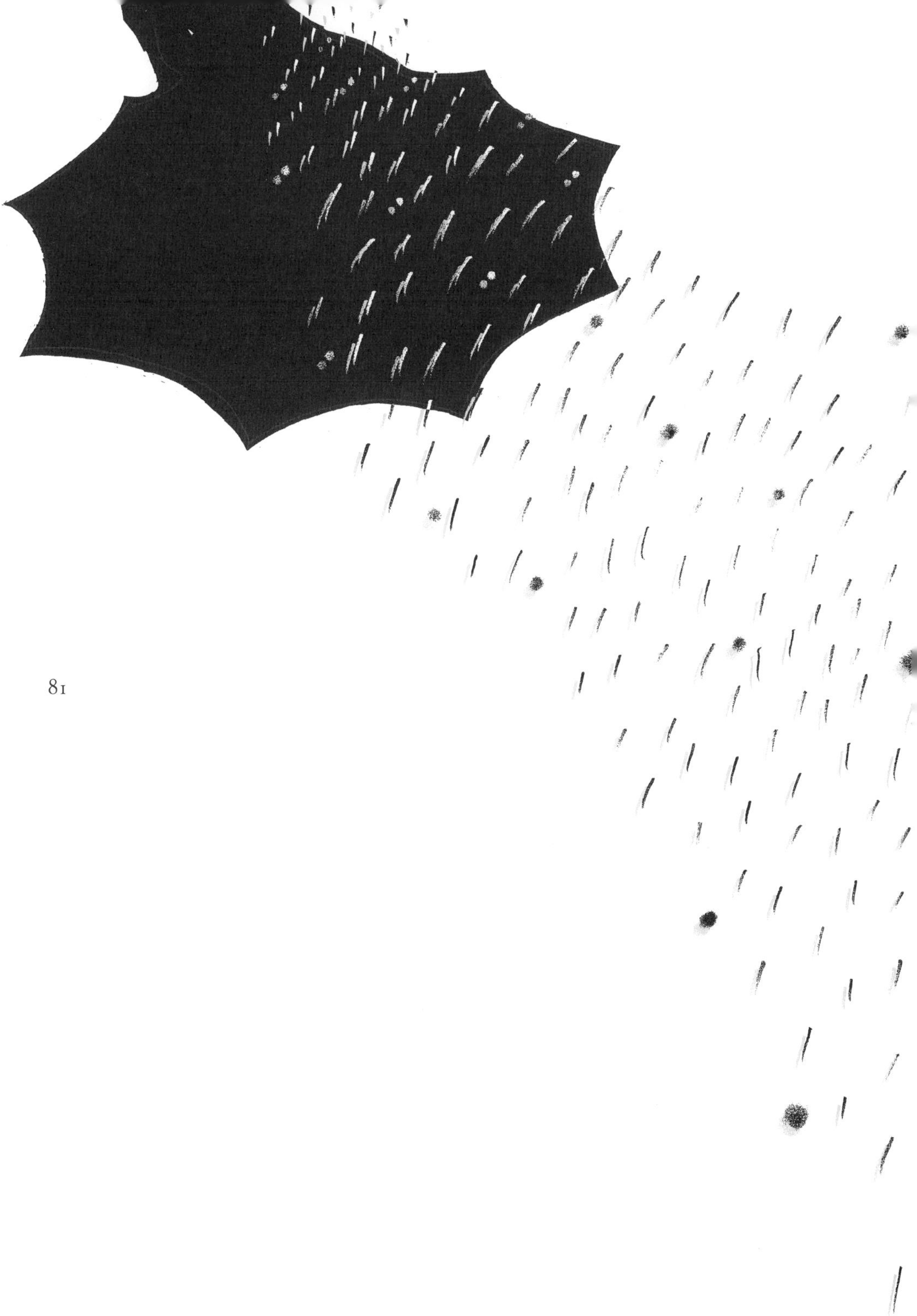

夏目漱石（なつめ・そうせき）

一八六七年、東京生まれ。小説家、英文学者。著書に『吾輩は猫である』『坊っちゃん』『三四郎』『それから』『行人』『こころ』『道草』『明暗』など。一九一六年没。

金井田英津子（かないだ・えつこ）

群馬県桐生市生まれ。画家、版画家、装幀家。個展、国際版画展などで版画作品を発表するかたわら、愛好する近代日本の文学作品を画本にしている。画本の作品として、萩原朔太郎著『猫町』、内田百閒著『冥途』（以上、平凡社）、井伏鱒二著『画本 厄除け詩集』（長崎出版）、泉鏡花著『絵本の春』（朝日出版社）がある。装幀挿画、絵本の作品多数。二〇〇四年、『人形の旅立ち』で第一八回赤い鳥さし絵賞、第三八回造本装幀コンクール審査員奨励賞受賞。

庄太郎は必死の勇をふるって、豚の鼻頭を七日《なのか》六晩《むばん》叩《たた》いた。けれども、とうとう精根が尽きて、手が蒟蒻《こんにゃく》のように弱って、しまいに豚に舐《な》められてしまった。そうして絶壁の上へ倒れた。

健さんは、庄太郎の話をここまでして、だからあんまり女を見るのは善《よ》くないよと云った。自分ももっともだと思った。けれども健さんは庄太郎のパナマの帽子が貰いたいと云っていた。

庄太郎は助かるまい。パナマは健さんのものだろう。

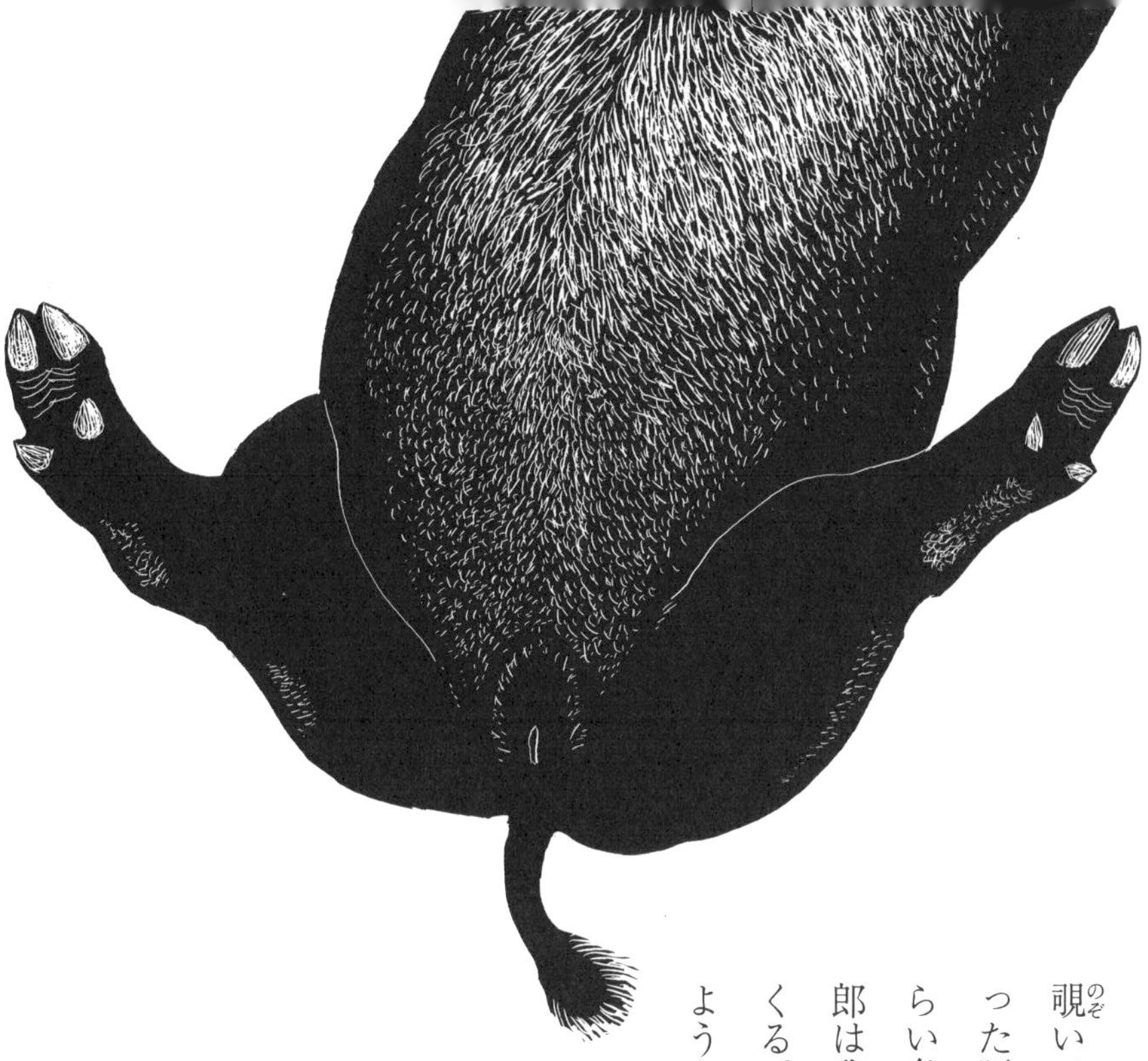

覗《のぞ》いて見ると底の見えない絶壁を、逆《さか》さになった豚が行列して落ちて行く。自分がこのくらい多くの豚を谷へ落したかと思うと、庄太郎は我ながら怖《こわ》くなった。けれども豚は続々くる。黒雲に足が生《は》えて、青草を踏み分けるような勢いで無尽蔵《むじんぞう》に鼻を鳴らしてくる。

ところへ豚が一匹鼻を鳴らして来た。庄太郎は仕方なしに、持っていた細い檳《びん》榔樹《ろうじゅ》の洋杖《ステツキ》で、豚の鼻頭《はなづら》を打《ぶ》った。豚はぐうと云いながら、ころりと引《ひ》っ繰《く》り返《かえ》って、絶壁の下へ落ちて行った。庄太郎はほっと一《ひ》と息接《いきつ》いでいるとまた一匹の豚が大きな鼻を庄太郎に擦《す》りつけに来た。庄太郎はやむをえずまた洋杖を振り上げた。豚はぐうと鳴いてまた真逆様《まつさかさま》に穴の底へ転《ころ》げ込んだ。するとまた一匹あらわれた。この時庄太郎はふと気がついて、向うを見ると、遥《はるか》の青草原の尽きる辺《あたり》から幾万匹か数え切れぬ豚が、群《むれ》をなして一直線に、この絶壁の上に立っている庄太郎を見懸《めが》けて鼻を鳴らしてくる。庄太郎は心《しん》から恐縮した。けれども仕方がないから、近寄ってくる豚の鼻頭を、一つ一つ丁寧《ていねい》に檳榔樹の洋杖で打っていた。不思議な事に洋杖が鼻へ触《さわ》りさえすれば豚はころりと谷の底へ落ちて行く。

夢十夜

二〇二一年五月一九日　初版第一刷発行

著　者　夏目漱石
画・造本　金井田英津子
発行者　下中美都
発行所　株式会社平凡社
〒一〇一-〇〇五一　東京都千代田区神田神保町三-二九
電話　〇三-三二三〇-六五九三（編集）
〇三-三二三〇-六五七三（営業）
振替　〇〇一八〇-〇-二九六三九
ホームページ https://www.heibonsha.co.jp/

企画協力　中西洋太郎
編　集　野崎真鳥（平凡社）
印　刷　東光印刷所（本文）／株式会社東京印書館（カバー、表紙）
製　本　大口製本印刷株式会社

※本書は『夢十夜』（一九九九年、パロル舎刊／二〇一三年、長崎出版刊）を新装復刊したものです。

ISBN 978-4-582-83870-1　C0093
NDC分類番号913.6　A5変型判（21.6cm）　総ページ88
落丁・乱丁本のお取り替えは小社読者サービス係までお送りください（送料小社負担）。